La Joven Durmiente y el Huso

Neil Gaiman
Ilustraciones de Chris Riddell

La Joven Durmiente y el Huso

salamandra

Título original: *The Sleeper and the Spindle*

Traducción del inglés: Mónica Faerna García-Bermejo

Copyright del texto © Neil Gaiman, 2013, 2014
Copyright de las ilustraciones © Chris Riddell, 2014
Copyright de la edición en castellano © Ediciones Salamandra, 2015

Publicado por Bloomsbury Publishing Plc. en el año 2014
Publicado originalmente por Little, Brown en el año 2013
en *Rags & Bones: New Twists on Timeless Tales*

Publicaciones y Ediciones Salamandra, S.A.
Almogàvers, 56, 7º 2ª - 08018 Barcelona - Tel. 93 215 11 99
www.salamandra.info

ISBN: 978-84-9838-651-6
Depósito legal: B-1.963-2015

1ª edición, febrero de 2015
Printed in Spain

Impresión: MccGraphics, S. Coop.
Larrondo Beheko Etorbidea, Edif. 4-Nave 1
48180-Loiu (Bizkaia)

Para Holly y Maddy, mis hijas, que me despertaron
N. G.

Para mi hija Katy, cuya aventura comienza ahora
C. R.

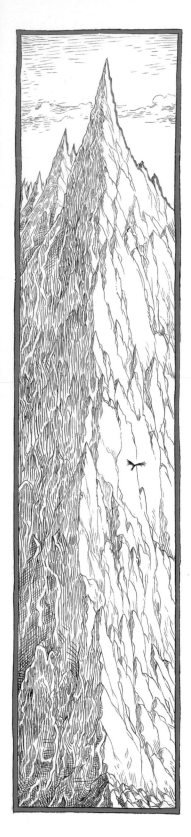

Era el reino más próximo al de la soberana, a vuelo de pájaro, pero ni tan siquiera los pájaros lo sobrevolaban. Las altas montañas trazaban entre ambos reinos una frontera que disuadía por igual a pájaros y a personas, que consideraban imposible cruzarlas.

Ambiciosos mercaderes de ambos territorios habían contratado a exploradores para que buscaran un paso a través de las montañas que, de existir, haría inmensamente rico al hombre o la mujer que lo controlara. Las sedas de Dorimar podrían llegar a Kanselaire en cuestión de semanas, o meses, en lugar de años. Mas no había tal paso y, en consecuencia, a pesar de que existía una frontera común, nadie transitaba de un reino a otro.

Ni siquiera los enanos, robustos e infatigables —seres de carne y hueso, pero también de magia—, podían escalar aquellas montañas.

Pero eso tampoco suponía un problema para ellos. No necesitaban escalarlas. Las atravesaban por debajo.

Tres enanos, moviéndose con tal agilidad que parecían uno solo, avanzaban por los oscuros túneles excavados bajo las montañas.

—¡Deprisa! ¡Deprisa! —los urgía el que iba en último lugar—. Hemos de comprarle la mejor seda de Dorimar. Si no nos damos prisa, podrían venderla y no nos quedaría más remedio que conformarnos con la segunda mejor.

—¡Ya! ¡Ya lo sabemos! —replicó el que iba en primer lugar—. Y compraremos también un baúl para guardarla, así no se llenará de polvo y llegará impoluta.

El enano que iba en medio no decía nada. Agarraba con fuerza su gema, para asegurarse de que no cayera al suelo y se perdiera, y ponía en ello toda su atención. La gema era un rubí en bruto, tal como lo habían extraído de la roca, del tamaño de un huevo de gallina. Una vez tallado y pulido valdría un imperio, de modo que les resultaría fácil intercambiarlo por la más exquisita seda de Dorimar.

A los enanos no se les habría ocurrido regalar a la joven reina algo que ellos mismos habían extraído de la tierra. Habría resultado demasiado fácil, demasiado vulgar. Según ellos, lo que hace de un regalo algo mágico es la distancia.

La reina se despertó temprano aquella mañana.

—Sólo una semana —dijo en voz alta—. Dentro de una semana seré una mujer casada.

Sonaba increíble y, al mismo tiempo, definitivo. Se preguntaba cómo se sentiría siendo una mujer casada. Si la vida consistía en elegir, aquello supondría el final de la suya. Al cabo de siete días ya no le quedaría elección. Gobernaría a su pueblo. Tendría hijos. Quizá muriera al dar a luz, quizá muriera muy anciana, o en el campo de batalla. Sin embargo, en el camino que llevara a su muerte, cada paso que diera sería ineludible.

Oía a los carpinteros trabajar en los prados que se extendían más allá del castillo; construían una grada para que sus súbditos pudieran asistir al enlace. Cada martillazo sonaba como un latido.

cada martillazo sonaba como un latido.

Los tres enanos fueron saliendo por un hoyo en la ribera del río, y treparon hasta el prado: uno, dos y tres. Se subieron a un peñasco de granito, estiraron los brazos, las piernas, saltaron y se estiraron de nuevo. Luego, salieron corriendo en dirección norte, hacia el conjunto de casas bajas que formaban la aldea de Giff; en concreto, hacia la posada.

El posadero era su amigo y, como de costumbre, le llevaban una redoma de vino de Kanselaire —de intenso color rojo, dulce y con cuerpo, no como los desvaídos y agraces vinos de aquella región—. A cambio, él les daría de comer, los orientaría y les brindaría consejo.

El posadero, que tenía un pecho grande como sus barriles, y una barba espesa y anaranjada como la cola de un zorro, estaba en la cantina. La mañana apenas comenzaba, y a esas horas, en otras ocasiones, los enanos habían encontrado la posada vacía, pero ahora habría allí unas treinta personas, y ninguna de ellas parecía muy dichosa.

Los enanos, que esperaban una entrada furtiva y discreta, se vieron convertidos en el centro de todas las miradas.

—Maese Foxen —dijo el enano más alto, dirigiéndose al posadero.

—Muchachos —replicó éste, convencido de que los enanos eran niños pese a que tenían cuatro o quizá cinco veces su edad—. Sé que vosotros conocéis los túneles que hay bajo las montañas. Tenemos que salir de aquí.

—¿Qué sucede? —preguntó el enano más pequeño.

—¡Sueño! —dijo el borrachín que estaba junto a la ventana.

—¡Una plaga! —dijo una mujer ataviada con gran elegancia.

—¡Una maldición! —exclamó un calderero, cuyas ollas entrechocaban mientras él hablaba—. ¡Una maldición se cierne sobre todos nosotros!

—Vamos camino de la capital —dijo el enano más alto, que abultaba como un niño—. ¿Se ha declarado una epidemia?

—No es una epidemia —dijo el borrachín, con una larga barba gris en la que el vino y la cerveza habían dejado manchas amarillas—. Ya os lo he dicho: sueño.

—¿Una epidemia de sueño? ¿Cómo puede ser eso? —preguntó el enano más pequeño, que no llevaba barba.

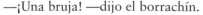

—¡Una bruja! —dijo el borrachín.

—Un hada malvada —lo corrigió un hombre de cara regordeta.

—Según me contaron, se trata de una hechicera —terció la muchacha que servía las mesas.

—Sea lo que fuere —dijo el borrachín—, el caso es que no la invitaron al bautizo.

—Sandeces —intervino el calderero—. La maldición de la princesa no tiene nada que ver con que no invitaran a esa mujer al bautizo. Era una de aquellas brujas que desterraron del bosque hace mil años, y una de las más malvadas. En cuanto nació la niña, la maldijo para que, al cumplir los dieciocho, se pinchara con un huso y se quedara dormida para siempre.

El hombre de cara regordeta se enjugó la frente. Estaba sudando, aunque no hacía calor.

—Según me contaron, estaba destinada a morir, pero otra hada, un hada bondadosa, le conmutó la sentencia de muerte por un sueño eterno. Un sueño mágico —añadió.

—El caso es —dijo el borrachín— que se pinchó el dedo con algo. Y se quedó dormida. Y los demás habitantes del castillo: el señor y la señora, el carnicero, el panadero, la lechera, la doncella... todos se quedaron dormidos en el mismo instante que la princesa. Ninguno de ellos ha envejecido un solo día desde que sus ojos se cerraron.

—Y había rosas —dijo la camarera—. Rosas que crecían en torno al castillo. Y el bosque se hizo más frondoso, hasta volverse intransitable. Esto fue hará, ¿cuánto?, ¿cien años?

—Sesenta. Puede que ochenta —dijo una mujer que no había hablado hasta ese momento—. Lo sé porque mi tía Letitia, que recordaba haberlo vivido de niña, no tenía más de setenta cuando murió de unas fiebres, y a finales del verano se cumplirán cinco años de su muerte.

—...Y muchos hombres valientes —continuó la camarera—, y también mujeres, según se cuenta, han intentado cruzar el bosque de Acaire para llegar al castillo, despertar a la princesa y, de ese modo, despertar también a los demás, pero todos y cada uno de esos héroes perdieron la vida en ese bosque, asesinados por los bandidos, o ensartados en los espinos de los rosales que rodean el castillo...

—¿Despertarla? ¿Cómo? —preguntó el enano mediano, sin soltar su piedra, siempre pendiente de lo esencial.

—De la manera habitual —respondió la camarera, ruborizándose—. Al menos, según los cuentos.

—Entiendo —dijo el enano más alto—. O sea, arrojándole a la cara un cubo de agua fría y gritando: «¡Despertaos!, ¡despertaos!»

—Con un beso —replicó el borrachín—. Pero nunca nadie ha logrado acercarse lo suficiente. Llevan sesenta años o más intentándolo. Comentan que la bruja...

—El hada —dijo el de la cara regordeta.

—La hechicera —lo corrigió la camarera.

—Sea lo que fuere —dijo el borrachín—, el caso es que sigue allí. Eso dicen. Si consigues acercarte, si logras abrirte paso entre las rosas, ella

estará esperándote. Es tan vieja como las montañas, perversa como una serpiente, toda maldad, magia y muerte.

El enano más pequeño inclinó la cabeza hacia un lado.

—Así pues, hay una mujer dormida en el castillo y tal vez a su lado también una bruja, o un hada. ¿Y por qué habláis además de una plaga?

—Comenzó a propagarse el año pasado —dijo el hombre de la cara regordeta—. Empezó en el norte, más allá de la capital. Las primeras noticias me llegaron por boca de algunos viajeros que venían de Stede, cerca del bosque de Acaire.

—En los pueblos, la gente se quedaba dormida —explicó la camarera.

—¿Y qué? Mucha gente duerme —comentó el enano más alto.

Los enanos apenas duermen: dos veces al año, como mucho, y varias semanas seguidas, pero, en su ya larga vida, él había dormido lo suficiente como para que no le pareciera algo insólito ni especial.

—Se quedan dormidos al instante, en plena tarea, y ya no despiertan —dijo el borrachín—. Fijaos en nosotros. Hemos huido de las ciudades para venir hasta aquí. Todos tenemos hermanos, esposas, maridos o hijos que se han quedado dormidos en casa, en el establo o en sus mesas de trabajo. Todos nosotros.

—Cada vez avanza más deprisa —añadió una mujer delgada y pelirroja que aún no había intervenido—. Ahora recorre casi dos kilómetros al día, a veces incluso tres.

—Mañana llegará aquí —dijo el borrachín, apurando su jarra y haciendo una seña al posadero para que volviera a llenarla—. No tenemos dónde cobijarnos. Aquí, mañana todo se sumirá en el sueño. Algunos hemos decidido refugiarnos en la bebida antes de que nos alcance.

—¿Y por qué teméis quedaros dormidos? —preguntó el más pequeño de los enanos—. Sólo es dormir. Todos lo hacemos.

—Id y comprobadlo con vuestros propios ojos —dijo el borracho. Echó la cabeza hacia atrás y bebió de la jarra el trago más largo que pudo. A continuación, los miró de nuevo, con los ojos empañados, como si lo sorprendiera que siguieran allí—. Vamos. Id a verlo con vuestros propios ojos.

El borracho apuró su bebida y recostó la cabeza en la mesa.

Los enanos fueron y lo vieron con sus propios ojos.

Los enanos fueron y lo vieron con sus propios ojos.

18

Tras cabalgar toda la jornada, pudo distinguir por fin la silueta de las montañas que se alzaban en los límites de su reino, espectrales y distantes, como nubes recortadas contra el cielo.

Los enanos la esperaban en la última posada al pie de las montañas y la condujeron hasta los profundos túneles que empleaban para cruzar de un lado a otro. La reina había convivido con ellos cuando era apenas una niña, por lo que no sentía ningún temor.

Los enanos avanzaban sin decir una palabra, salvo para advertir de vez en cuando: «Cuidado con la cabeza.»

—¿No veis algo fuera de lo habitual? —preguntó el más bajo.

Los enanos tenían nombre, pero a los humanos no les estaba permitido conocerlos, pues los nombres eran algo sagrado.

La reina tenía nombre, mas ahora todos la llamaban «Vuestra Majestad». No abundan los nombres en este relato.

No abundan los nombres en este relato.

—Veo muchas cosas fuera de lo habitual —dijo el más alto de los enanos.

Se hallaban en la posada del maese Foxen.

—¿No os habéis fijado en que, pese a que todos están dormidos, hay algo que no duerme?

—Pues la verdad es que no —dijo el mediano, rascándose la barba—. Todos están exactamente como los dejamos. Con la cabeza inclinada, adormilados, respirando apenas lo suficiente para alterar las telarañas que ahora los adornan...

—Las que tejen esas telas no están dormidas —señaló el más alto.

Era verdad. Las arañas tejían afanosas desde los dedos hasta la cara, desde la barba hasta la mesa. Había incluso una telaraña que cubría pudorosamente el generoso canalillo entre los senos de la camarera. Otra, bien gruesa, manchaba de gris la barba del borrachín. La corriente que entraba por la puerta abierta las hacía bailar.

—Me pregunto —dijo uno de los enanos— si acabarán muriendo de inanición o si, por el contrario, hay una fuente mágica de energía que les permite permanecer dormidos durante largo tiempo.

—Yo me inclinaría por lo segundo —opinó la reina—. Si, como decís, fue una bruja la autora del hechizo original, hace setenta años, y todos los que allí se encontraban siguen todavía hoy dormidos, como Barbarroja en el interior de la montaña, entonces es obvio que no han muerto de inanición, ni siquiera han envejecido.

Los enanos asintieron.

—Vuestra Majestad sois muy sabia —dijo uno de ellos—. Siempre lo habéis sido.

La reina emitió un sonido lleno de espanto y sorpresa.

—Ese hombre —dijo, señalándolo con el dedo— me ha mirado.

Era el hombre de la cara regordeta. Se había movido despacio, rasgando las telarañas, y ahora la miraba de frente. La había mirado, sí, mas sin abrir los ojos.

—Todo el mundo se mueve mientras duerme —observó el más pequeño de los enanos.

—Sí —admitió la reina—, es cierto. Pero no de ese modo. Lo ha hecho demasiado despacio, con demasiada parsimonia, con demasiada intención.

—Quizá lo hayáis imaginado —dijo uno de los enanos.

Las cabezas de los otros durmientes se movieron muy despacio, con parsimonia, como si el movimiento fuera intencionado. Ahora todos miraban de frente a la reina.

—No lo habéis imaginado, Vuestra Majestad —concedió el mismo enano, el de la barba cobriza—. Pero os miran con los ojos cerrados. No veo nada malo en ello.

Las bocas de los durmientes se movieron al unísono. No emitieron sonido alguno, aparte del murmullo del aire que escapó entre sus labios dormidos.

—¿Han dicho lo que me ha parecido entender? —preguntó el enano más pequeño.

—Han dicho: «Mamá, es mi cumpleaños» —contestó la reina, y se estremeció.

No iban a caballo. Todos los caballos que vieron por el camino estaban dormidos, de pie en mitad del campo, y no había forma de despertarlos.

La reina caminaba a paso ligero. Los enanos iban dos veces más rápido que ella, para no quedarse rezagados.

La reina comenzó a bostezar.

—Agachaos hacia mí —le propuso el enano más alto.

La reina se agachó. El enano le cruzó la cara de un bofetón.

—Será mejor que os mantengáis despierta —dijo, en tono jovial.

—Sólo era un bostezo —protestó la reina.

—¿Cuánto creéis que tardaremos en llegar al castillo, Vuestra Majestad? —preguntó el más pequeño de los enanos.

—Si no recuerdo mal, según los cuentos y los mapas —dijo la reina—, el bosque de Acaire está a unos cien kilómetros de aquí. Unos tres días a pie. —A continuación, añadió—: Tendré que dormir un poco esta noche. No puedo caminar tres días seguidos.

—En tal caso, dormid tranquila —dijeron los enanos—. Os despertaremos al alba.

Aquella noche se acostó en un almiar, en medio de un prado, con los enanos rodeándola, sin saber muy bien si volvería a despertar para ver otro amanecer.

El castillo del bosque de Acaire era un edificio compacto y gris, recubierto de rosales trepadores. Éstos descendían hasta el interior del foso y llegaban casi hasta la torre más alta. Cada año los rosales crecían un poco más: los que tapizaban los muros de piedra del castillo no eran sino enredaderas muertas de tallos marchitos, con añosas espinas afiladas como cuchillos. Casi cinco metros más allá, las plantas reverdecían cuajadas de rosas en flor. Los rosales trepadores, tanto los vivos como los muertos, formaban un esqueleto marrón, con salpicaduras de color que rompían la solidez grisácea de los muros.

Los árboles del bosque de Acaire eran tan frondosos que apenas dejaban pasar la luz. Un siglo antes, de bosque sólo tenía el nombre: eran terrenos de caza, un parque para el recreo de la Corte, poblado de ciervos, jabalíes y una infinidad de pájaros. Ahora el bosque era una maraña impenetrable, y la maleza se había adueñado de los antiguos senderos, condenándolos al olvido.

La joven de cabellos dorados dormía en la alta torre.

Todos los habitantes del castillo dormían también. Dormían todos profundamente, con una única excepción.

La mujer tenía el cabello gris, salpicado de blanco, y tan ralo que permitía entrever su cuero cabelludo. Andaba renqueando por el castillo, con gesto huraño, apoyándose en un bastón, llena de odio, dando portazos, hablando sola.

—Sube la condenada escalera, pasa por delante de la maldita cocinera, ¿qué vas a guisar ahora, eh, culo seboso?, en tus ollas no hay sino polvo y más polvo, y te pasas el día roncando.

Salió al huerto, primorosamente cultivado. La anciana arrancó unos rapónchigos y unas hojas de rúcula.

Ochenta años atrás, en el palacio se habían criado quinientos pollos; el palomar albergaba cientos de palomas blancas y bien cebadas; los conejos correteaban por los verdes jardines intramuros, y nadaban los peces en el foso y en el estanque: carpas, truchas y percas. Ahora sólo quedaban tres pollos. Había capturado con redes todos los peces dormidos para sacarlos del agua. No quedaban conejos, ni tampoco palomas.

Había sacrificado el primer caballo hacía sesenta años, y se había comido lo que buenamente pudo antes de que su carne adquiriera un tono irisado y la carcasa empezara a apestar y a infestarse de moscas y gusanos. Ahora sólo sacrificaba animales grandes en pleno invierno, cuando nada se pudría y podía ir cortando pedazos de carne congelada hasta que llegaba el deshielo primaveral.

La anciana pasó junto a una madre, dormida, que amamantaba a un dormido bebé. Les quitó el polvo con gesto ausente, y se aseguró de que la boca del bebé seguía en contacto con el pezón.

Se puso a comer en silencio.

Se puso a comer en silencio.

Era la primera ciudad grande, de categoría, a la que llegaban. Las puertas eran altas, y los muros que las sustentaban eran tan gruesos que parecían inexpugnables, pero estaban abiertas de par en par.

Los tres enanos habrían preferido evitarla, pues no se sentían cómodos en las ciudades, desconfiaban de las casas y las calles por no considerarlas naturales, pero siguieron a su reina.

Una vez dentro de la ciudad, la multitud los incomodó. Había jinetes durmiendo a lomos de caballos dormidos; cocheros durmiendo en los pescantes de inmóviles carruajes cuyos pasajeros dormían también; niños dormidos con pelotas, aros o cuerdas de peonza aún en la mano; floristas dormidas tras sus puestos, llenos de flores marchitas y ajadas; había incluso pescaderos dormidos frente a sus mostradores de mármol, sobre los cuales yacían todavía restos de pescado podrido infestados de gusanos. El rumor y el movimiento de los gusanos fueron el único sonido y el único movimiento que percibieron la reina y los enanos.

—No deberíamos estar aquí —gruñó el enano de la barba cobriza.

—Éste es el camino más directo —replicó la reina—. Además, lleva hasta el puente. Por cualquier otro camino nos veríamos obligados a vadear el río.

El ánimo de la reina permanecía estable. Al caer la noche se iba a dormir y despertaba al llegar la mañana; la enfermedad del sueño no la había afectado.

El rumor de los gusanos y, de tanto en tanto, los suaves ronquidos y los cambios de postura de los durmientes fueron lo único que oyeron mientras atravesaban la ciudad. Entonces, un niño pequeño, dormido en un escalón, dijo en voz alta y clara:

—¿Estáis hilando? ¿Puedo mirar?

—¿Habéis oído eso? —preguntó la reina.

El enano más alto se limitó a exclamar:

—¡Mirad! ¡Los durmientes se están despertando!

Se equivocaba. No se estaban despertando. Y, no obstante, se habían levantado. Iban poniéndose en pie lentamente, y comenzaban a andar con paso torpe y vacilante. Caminaban dormidos, dejando un rastro de telas de araña. Por todas partes, las arañas seguían tejiendo sin pausa.

—¿Cuántos habitantes, seres humanos, quiero decir, hay en una ciudad? —preguntó el enano más pequeño.

—Depende —dijo la reina—. En nuestro reino, no más de veinte mil o treinta mil personas. Esta ciudad parece algo mayor que las nuestras. Calculo que habrá unas cincuenta mil personas. O más. ¿Por qué?

—Porque, al parecer —dijo el enano—, todos vienen tras nosotros.

Las personas dormidas no se mueven deprisa. Tropiezan, se tambalean; son como niños caminando por un río de melaza, o como ancianos con los pies llenos de barro húmedo y espeso.

Los durmientes avanzaban en dirección a la reina y los enanos. A éstos les habría bastado con salir corriendo, o incluso con andar un poco más deprisa en el caso de la reina. Y, sin embargo, ¡ay!, sin embargo, eran tantos... Todas las calles por las que pasaban estaban llenas de gente dormida, todos ellos envueltos en telarañas, unos con los ojos cerrados y otros con los ojos en blanco, y avanzaban despacio, con aire ausente, arrastrando los pies.

La reina dobló una esquina, echó a correr por una callejuela, y los enanos corrieron tras ella.

—Esto es indigno —dijo un enano—. Deberíamos quedarnos y enfrentarnos a ellos.

—No hay dignidad en luchar contra un oponente que ni siquiera sabe que estás ahí —jadeó la reina—. No hay dignidad alguna en luchar contra alguien que está soñando con un día de pesca, con un jardín o con un ser amado que lleva mucho tiempo muerto.

—¿Qué harían si nos atraparan? —preguntó el enano que estaba junto a la reina.

—¿Realmente deseas averiguarlo? —replicó ella.

—No —admitió el enano.

Corrieron, y corrieron, y siguieron corriendo mientras abandonaban la ciudad por las puertas situadas en el otro extremo, y no dejaron de correr hasta que cruzaron el puente y se encontraron al otro lado del río.

La anciana llevaba doce años sin subir a la torre más alta. Llegar tan arriba le resultaba muy penoso, y sus rodillas y caderas se resentían con cada peldaño.

l bastón le servía también para apartar las tupidas telarañas que cubrían el hueco de la escalera: la anciana blandía el bastón para rasgarlas y dejaba que las arañas se escabulleran correteando por los muros.

La ascensión se le hizo larga y muy penosa, pero al fin logró llegar a la alcoba que había en lo más alto.

En la estancia no había más que un huso y una banqueta, situados junto a una tronera, y un lecho colocado justo en el centro de la habitación circular. Era un lecho muy suntuoso: a través del polvoriento velo de tul que protegía del resto del mundo a la joven que allí dormía se veía una colcha de color rojo carmesí bordada en oro.

El huso yacía en el suelo, junto a la banqueta, en el mismo lugar donde había caído setenta años atrás.

La anciana retiró el velo de tul con su bastón, y el polvo quedó flotando en el aire. Contempló a la joven que yacía dormida en la cama.

Tenía el cabello de un rubio dorado similar al de las flores que crecen en las praderas. Sus labios eran del mismo tono que las rosas que recubrían los muros del palacio. Llevaba largos años sin ver la luz del día y, sin embargo, su cutis tenía un tono cremoso, no demasiado pálido ni tampoco enfermizo.

Su pecho subía y bajaba, de forma casi imperceptible, en medio de la penumbra.

La anciana se agachó y cogió el huso del suelo.

—Si atravesara vuestro corazón con este huso, ya no seríais tan hermosa, ¿verdad? —dijo, en voz alta—. ¿Lo seríais?

Se acercó a la joven dormida, cuyo blanco vestido estaba cubierto de polvo. A continuación, bajó la mano.

—No. No puedo. Y los dioses saben cuánto lo deseo.

La edad había mermado sus sentidos, pero le pareció oír voces en el bosque. Tiempo atrás los había visto llegar, a los príncipes y los héroes, y los había visto perecer, empalados en las espinas de los rosales, mas hacía ya mucho tiempo que nadie, ya fuera un héroe o cualquier otro ser humano, lograba llegar tan cerca del castillo.

—Bah —dijo, hablando en voz alta, como tenía por costumbre. Total... ¿quién iba a oírla?—. Aunque consigan llegar hasta aquí, morirán entre gritos, ensartados en las espinas. No hay nada que puedan hacer. Nadie puede. Nada en absoluto.

Un leñador, dormido junto al tronco de un árbol que llevaba cincuenta años a medio talar y había terminado por adoptar la forma de un arco, abrió la boca cuando la reina y los enanos pasaron a su lado y dijo:

—¡Caramba! ¡Qué presente tan extraño para un bautizo!

Tres bandidos, dormidos en lo que quedaba de la vereda, con los brazos y las piernas contorsionados, como si el sueño los hubiera sorprendido encaramados a un árbol y se hubieran caído sin despertar, dijeron al unísono:

—¿Querríais traerme unas rosas?

Uno de ellos, un hombre grande, gordo como un oso en pleno otoño, agarró el tobillo de la reina cuando ésta pasó por su lado. El más pequeño de los enanos no se lo pensó: le cercenó la mano con su hacha, y la reina desasió los dedos del hombre, uno por uno, hasta que la mano cayó sobre las hojas muertas.

—Traedme rosas —dijeron los tres bandidos con una sola voz, mientras la sangre goteaba con indolencia por el muñón del brazo del gordo—. Me haría tan feliz que me trajerais unas rosas...

Presintieron el castillo mucho antes de avistarlo; sintieron como si una ola de sueño quisiera impedir que se acercaran. Si caminaban hacia él, se les iba la cabeza, sus mentes se volvían dispersas, su ánimo decaía y se les nublaba el pensamiento. En cuanto se desviaban, volvían a despertar y se sentían más alegres, más cuerdos, más sabios.

La reina y los enanos siguieron adentrándose en aquella niebla mental.

De vez en cuando alguno de los enanos bostezaba y daba un traspié. Entonces, los otros dos lo agarraban por los brazos y lo ayudaban a seguir adelante, a regañadientes, hasta que su mente volvía a despejarse.

La reina se mantenía despierta, aunque veía en el interior del bosque un montón de gente que no podía estar ahí. Caminaban a su lado por el sendero. A veces incluso le hablaban.

—Analicemos ahora de qué manera influye la filosofía natural en la diplomacia —decía su padre.

—Mis hermanas gobernaban el mundo —decía su madrastra, arrastrando los zapatos de hierro al caminar. Brillaban con un mortecino resplandor naranja que, sin embargo, no prendía las hojas secas a su paso—. Los mortales se levantaron en nuestra contra, ellos nos derrocaron. Mas nosotras esperamos, agazapadas en las grietas, en lugares donde no pudieran vernos. Y ahora todos me adoran. Incluso tú, mi hijastra. Incluso tú me adoras.

—Eres tan hermosa... —decía su madre, que había muerto mucho tiempo atrás—. Como una rosa encarnada sobre un lecho de blanca nieve.

41

ratos, los lobos pasaban corriendo a su lado, levantando el polvo y las hojas que tapizaban el suelo del bosque, aunque su paso no alteraba las gigantescas telarañas colgadas como velos a ambos lados del sendero. A veces, los lobos atravesaban en su carrera los troncos de los árboles y se perdían en la oscuridad.

A la reina le gustaban los lobos y se entristeció cuando uno de los enanos se puso a dar voces, diciendo que aquellas arañas eran del tamaño de un cerdo, y los lobos se esfumaron de su cabeza y de su vista. (No era cierto. Eran simples arañas, de tamaño normal, acostumbradas a tejer sus telas, ajenas al tiempo y a los viajeros.)

El puente levadizo estaba abierto y lograron cruzar el foso, pese a que todo parecía empujarlos hacia atrás. Sin embargo, no pudieron entrar en el castillo: una maraña de espinas bloqueaba la entrada por completo, y las ramas más nuevas estaban cuajadas de rosas.

La reina vio restos humanos colgando de las espinas: había esqueletos con y sin armadura. Algunos estaban a una distancia considerable del suelo, y la reina se preguntó si habrían trepado hasta allí por sus propios medios, buscando una entrada, y habían muerto o si, por el contrario, habían muerto a ras de suelo y los rosales los habían ido arrastrando hacia arriba a medida que crecían.

No logró llegar a ninguna conclusión. Ambas opciones eran posibles.

De pronto la invadió una sensación de placidez y decidió que cerrar los ojos tan sólo unos instantes no le haría ningún mal. ¿A quién podía importarle?

—Ayudadme —dijo, con voz soñolienta.

El enano de la barba castaña arrancó una espina del rosal que tenía más a mano, la hundió con fuerza en el pulgar de la reina y volvió a sacarla. Una gota de sangre cayó sobre los adoquines del suelo.

—¡Ay! —exclamó la reina. Y, a continuación, añadió—: ¡Gracias!

45

Los enanos y la reina se quedaron mirando la impenetrable barrera de espinas. La reina alargó una mano, arrancó una rosa del rosal más cercano y se la prendió en el cabello.

—Podríamos excavar un túnel para entrar —propusieron los enanos—. Pasamos por debajo del foso, atravesamos los cimientos y subimos a la superficie. Sólo tardaremos un par de días.

La reina lo meditó unos instantes. Le dolía el pulgar, y le complacía que así fuera.

—Esto comenzó aquí mismo hace unos ochenta años —dijo—. Comenzó lentamente. No se ha extendido hasta hace poco. Y cada vez se extiende más deprisa. No sabemos si toda esa gente despertará algún día. No sabemos nada, salvo que tal vez no dispongamos de dos días más.

Observó la prieta maraña de espinos, vivos y muertos, plantas que, pese a llevar décadas enteras secas y marchitas, conservaban sus espinas tan punzantes como en vida. Caminó a lo largo del muro hasta llegar a un esqueleto, retiró la tela putrefacta que cubría sus hombros y la palpó. Estaba seca, sí. Ardería con facilidad.

—¿Quién tiene el yesquero? —preguntó.

Los espinos secos ardieron enseguida y con fuerza. Al cabo de quince minutos, las llamas anaranjadas serpenteaban muro arriba: por un instante, dio la impresión de que el edificio entero estaba envuelto en llamas, pero con la misma rapidez se extinguieron, y quedó a la vista tan sólo el muro ennegrecido. Sin apenas dificultad, la reina troceó con su espada los pocos tallos vigorosos que habían sobrevivido al fuego y luego los arrancaron para arrojarlos al foso.

Los cuatro viajeros entraron en el castillo.

La anciana se asomó a la tronera para ver mejor las llamas. El humo entraba en la alcoba, pero no las llamas, pues los rosales no llegaban hasta la torre. Entendió que alguien atacaba el castillo y se habría escondido allí mismo de no ser porque no tenía dónde, y porque la joven yacía dormida en el lecho.

Blasfemó y, con gran dificultad, comenzó a bajar los escalones de uno en uno. Su intención era descender hasta las almenas, desde donde podía llegar al extremo opuesto del castillo, a los sótanos. Allí podría esconderse. Conocía el edificio mejor que nadie. Era lenta, mas también astuta, y sabía esperar. Ah, desde luego que sabía esperar.

Oyó sus voces a medida que subían por la escalera.

—¡Por aquí!

—¡Aquí arriba!

—Aquí todavía lo noto más. ¡Vamos! ¡Deprisa!

La anciana dio media vuelta y quiso correr escaleras arriba, pero las piernas no le respondían mejor que unas horas antes, en el primer ascenso. La alcanzaron justo en lo alto de la escalera: tres hombres que no le llegaban más arriba de las caderas, seguidos de cerca por una mujer joven, con la ropa sucia tras un largo viaje y el cabello más negro que la anciana había visto en su vida.

47

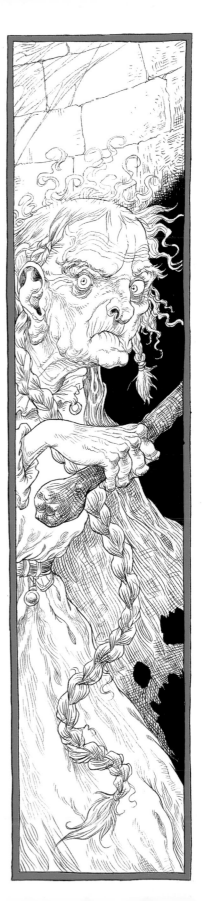

—Cogedla —dijo la mujer, con el tono propio de alguien acostumbrado a dar órdenes.

Los hombrecillos le quitaron el bastón a la anciana.

—Es más fuerte de lo que parece —comentó uno de ellos, todavía aturdido por el golpe en la cabeza que le había asestado la mujer con el bastón antes de que se lo quitaran.

La llevaron de vuelta a la habitación circular.

—¿Y el incendio? —preguntó la vieja, que llevaba seis decenios sin hablar con nadie capaz de responderle—. ¿Ha muerto alguien en el incendio? ¿Habéis visto al rey o a la reina?

La joven se encogió de hombros.

—No lo creo. Todos los durmientes que nos hemos encontrado por el camino estaban dentro, y los muros son muy gruesos. ¿Quién sois vos?

Nombres. Nombres. La anciana entornó los ojos y negó con la cabeza. Ella era ella, y el nombre que le habían puesto al nacer había desaparecido con el tiempo y la falta de uso.

—¿Dónde está la princesa?

La anciana no respondió, se limitó a mirarla.

—¿Y por qué vos estáis despierta?

No hubo respuesta. Entonces, la reina y los hombrecillos se pusieron a hablar apresuradamente.

—¿Es una bruja? Percibo cierta magia en ella, pero no me parece que sea obra suya.

—Vigiladla —mandó la reina—. Si es una bruja, ese bastón podría ser importante. Mantenedlo lejos de ella.

—Es mi bastón —dijo la anciana—. Creo que perteneció a mi padre. Pero él ya no lo necesita.

La reina hizo caso omiso. Se acercó al lecho y retiró el velo de tul. El rostro de la joven que yacía allí dormida los miró sin verlos.

—De modo que aquí es donde comenzó todo —dijo uno de los enanos.

—El día de su cumpleaños —añadió otro.

—Bien —dijo el tercero—, pues alguien tendrá que hacer los honores.

—Yo me encargo —dijo la reina con suavidad.

Se inclinó y acercó su rostro al de la joven dormida. Posó sus labios de color carmín sobre los labios rosados de la joven y le dio un beso largo y fuerte.

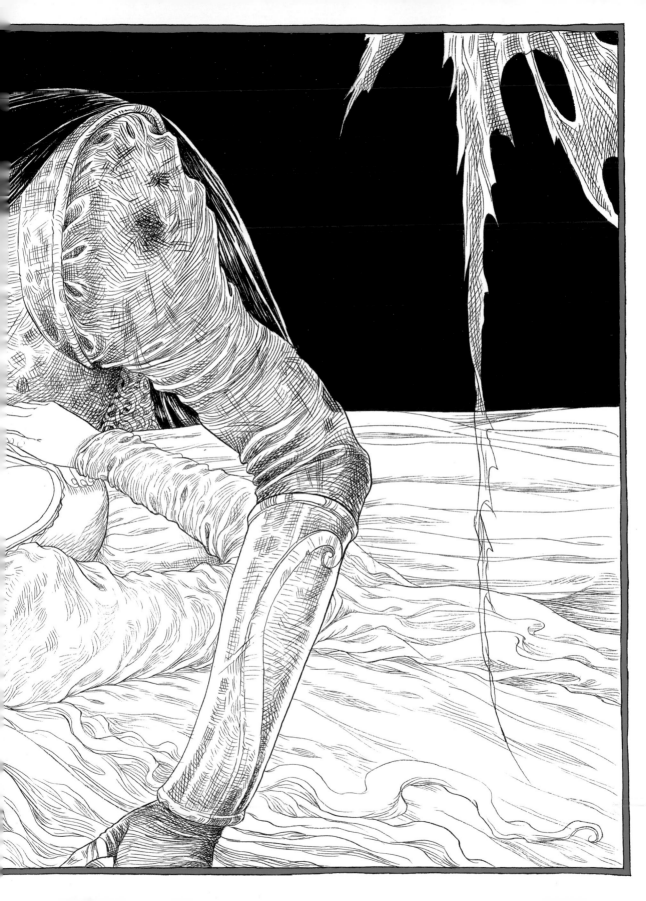

a funcionado? —preguntó un enano.

—No lo sé —dijo la reina—. Pero siento lástima por ella, pobrecilla. Toda una vida durmiendo.

—Vuestra Majestad permanecisteis dormida un año entero por un hechizo similar —señaló el enano—. Y no moristeis de hambre. Ni os pudristeis.

La joven se revolvió en el lecho, como si intentara despertarse de una pesadilla.

La reina dejó de mirarla. Había visto algo en el suelo, junto a la cama. Se agachó para recogerlo.

—Mirad esto —dijo—. Huele a magia.

—Aquí hay magia por doquier —replicó el más pequeño de los enanos.

—No, esto —insistió la reina—. Lo que huele a magia es este objeto en particular.

—Sucedió aquí, en esta misma alcoba —dijo la anciana de pronto—. Yo era poco más que una niña. Nunca había llegado tan lejos, pero subí hasta el final de la escalera, subí y subí, dando vueltas y más vueltas, hasta llegar a la habitación más alta del castillo. Vi el lecho, el mismo que veis ahora, si bien entonces estaba vacío. En la alcoba sólo había una anciana, sentada en esa banqueta, hilando lana con el huso. Yo nunca había visto uno. La anciana me preguntó si quería probar. Sostuvo la lana en su mano y me dio el huso. Cogió mi pulgar y lo apretó contra la punta hasta que brotó la sangre, y manchó con ella el hilo. Y entonces dijo...

Otra voz la interrumpió. Era una voz joven, la de una muchacha, sólo que sonaba algo ronca porque acababa de despertarse.

—Dije: «Niña, ahora te arrebato el sueño y te despojo por igual de la capacidad de lastimarme mientras duermo, pues alguien debe velar mi sueño. Tu familia, tus amigos, todo tu mundo dormirá también.» Y a continuación me tendí en el lecho y me dormí, y todos se durmieron, y mientras dormían yo les robaba un pedacito de sus vidas, un pedacito de sus sueños, y mientras duraba el sueño yo iba recuperando mi juventud, mi belleza y mi poder. Dormí y me hice fuerte. Revertí los estragos causados por el tiempo y me construí un mundo de esclavos durmientes.

Estaba sentada en la cama. Era tan bella y tan joven...
La reina la miró y halló exactamente lo que buscaba: la misma mirada que había visto
en los ojos de su madrastra. Comprendió qué clase de criatura era aquella muchacha.

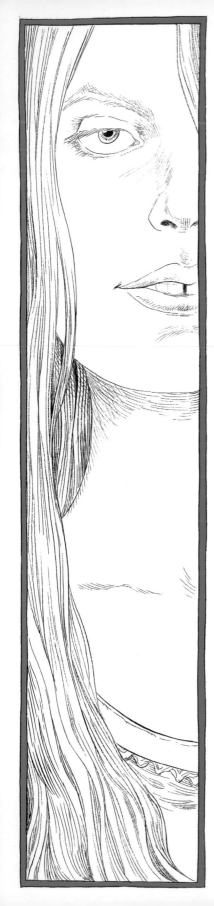

—Nos hicieron creer —dijo el enano más alto— que, cuando despertarais, todos los demás despertarían con vos.

—¿Y cómo os dio por creer tal cosa? —preguntó la joven de cabellos dorados, con su cara de niña y aquel aspecto tan inocente (¡Ah, pero los ojos...! Cuánta vejez había en esos ojos)—. Los prefiero dormidos. Son más... dóciles. —Se calló un instante. Y después sonrió—. Ahora mismo vienen por vosotros. Los he llamado y ya están de camino.

—Es una torre muy alta —observó la reina—. Y las personas dormidas no se mueven muy deprisa. Aún tenemos tiempo para conversar, Vuestra Oscuridad.

—¿Quién eres? ¿Por qué habríamos de conversar? ¿Cómo conoces la fórmula para dirigirte a mí?

La joven descendió del lecho y se estiró con exquisita gracia, extendiendo los dedos uno por uno antes de pasarlos entre sus dorados cabellos. Sonrió, y fue como si saliera el sol dentro de la alcoba en penumbra.

—Que los hombrecillos se queden exactamente donde están. No me gustan. Y tú, jovencita, tú también dormirás.

—No —dijo la reina.

Sopesó el huso en la mano. El hilo enrollado en él se había ennegrecido con el paso del tiempo.

Los enanos se quedaron quietos, balanceándose con los ojos cerrados.

La reina dijo:

—Con las de vuestra especie siempre ocurre lo mismo. Necesitáis juventud y belleza. Consumisteis las vuestras hace largo tiempo y cada vez halláis formas más retorcidas de obtenerlas. Y siempre ansiáis más poder.

Estaban tan cerca ahora que sus narices casi se tocaban, y la muchacha de cabellos dorados parecía mucho más joven que la reina.

—¿Por qué no te duermes sin más? —preguntó la joven, y sonrió con ingenuidad, exactamente igual que sonreía su madrastra cuando deseaba algo.

Se oyó un ruido en la escalera, muy lejano.

—Dormí durante un año entero dentro de un féretro de cristal —explicó la reina—. Y la mujer que me encerró en él era mucho más peligrosa de lo que vos seréis jamás.

—¿Más poderosa que yo? —preguntó la joven con sorna—. Tengo un millón de durmientes bajo mi mando. Cada

instante que he permanecido dormida me ha hecho un poco más poderosa, y cada día que pasa, el círculo de sueños se acelera un poco más. Ya he recuperado mi juventud, ¡toda mi juventud! Y he recuperado mi belleza. Ninguna arma puede herirme. No hay ser vivo más poderoso que yo.

Se quedó mirando fijamente a la reina.

—No eres de mi misma sangre —dijo—, mas posees algunos de mis talentos. —La joven sonrió; una sonrisa propia de una niña inocente recién despertada en plena mañana de primavera—. Gobernar el mundo no será tarea fácil. Como tampoco lo será mantener el orden entre las Hermanas que han sobrevivido para ver esta era degenerada. Voy a necesitar a alguien que sea mis ojos y mis oídos, que administre justicia, que se ocupe de todo mientras yo atiendo otros asuntos. Yo permaneceré en el centro de la red. No gobernarás conmigo, sino en mi nombre, mas aun así gobernarás, y dominarás continentes enteros, no un reino insignificante.

La joven alargó una mano y acarició el pálido cutis de la reina, que, en la penumbra de aquella alcoba, parecía casi tan blanco como la nieve.

La reina no dijo nada.

—Ámame —exigió la joven—. Todos me amarán, y tú, que me has despertado, debes amarme más que nadie.

La reina sintió que algo se revolvía en su corazón. Entonces se acordó de su madrastra. Ella también se complacía en la adoración ajena. A la reina le había costado aprender a ser fuerte, a sentir sus propias emociones y no las de otra persona; pero quien aprende esa lección ya nunca la olvida. Y ella no deseaba gobernar continentes.

La joven le sonrió con ojos del color del cielo matutino.

La reina no sonrió. Tan sólo alargó la mano.

—Tomad —dijo—. Esto no me pertenece.

Entregó el huso a la anciana, que seguía a su lado. La anciana lo sopesó con aire pensativo. Comenzó a desenrollar el hilo con sus dedos sarmentosos.

—Esto era mi vida —dijo—. Este hilo era mi vida...

—Decís bien: era. Me la entregasteis a mí —dijo la joven, en tono irritado—. Y ya ha durado demasiado.

El extremo del huso seguía siendo puntiagudo aun después de tantos años.

La anciana, que tiempo atrás había sido una princesa, agarró el huso con fuerza y clavó la punta en el pecho de la joven de cabellos dorados.

59

La joven se quedó mirando el hilo de sangre que se deslizaba por su pecho, manchando de rojo su vestido blanco.

—Ninguna arma puede herirme —dijo, con voz juvenil y petulante—. Ya no. Mirad. Tan sólo es un rasguño.

—No es un arma —dijo la reina—. Es vuestra propia magia. Y un rasguño era todo cuanto hacía falta.

La sangre de la joven empapó el hilo que había estado enrollado alrededor del huso, el hilo que iba desde el huso hasta el ovillo de lana que la anciana sostenía en la mano.

La joven miró la sangre que manchaba su vestido y la que había empapado el hilo, y únicamente pudo decir:

—Ha sido tan sólo un pinchazo superficial. —Parecía confundida.

El ruido que provenía de la escalera sonaba cada vez más fuerte. Era un rumor de pies arrastrados lento y desigual, como si un centenar de sonámbulos subieran por una escalera de caracol con los ojos cerrados.

La alcoba no era muy grande, no había dónde esconderse, y las ventanas apenas eran dos aberturas estrechas en el muro de piedra.

La anciana, que llevaba varias décadas sin dormir, dijo:

—Me arrebatasteis mis sueños. Me arrebatasteis el sueño. Ya es hora de poner fin a todo esto.

Era una mujer muy vieja. Sus dedos estaban retorcidos, como las raíces de un espino. Tenía la nariz muy prominente y los párpados caídos, y, sin embargo, en aquel momento, en sus ojos lucía la mirada de una persona joven.

Se tambaleó, perdió el equilibrio y habría caído al suelo si la reina no la hubiera sujetado a tiempo.

La reina llevó a la anciana hasta el lecho, sorprendida al comprobar lo poco que pesaba, y la depositó sobre la colcha de color carmesí. El pecho de la anciana subía y bajaba.

El ruido que llegaba de la escalera ya sonaba más alto. Entonces se hizo un silencio, seguido de un repentino alboroto, como si un centenar de personas se hubieran puesto a hablar al mismo tiempo, sorprendidas, enojadas y confundidas.

La joven hermosa dijo:

—Pero...

La juventud y la belleza la habían abandonado por completo. La piel descolgada del rostro volvía informes sus rasgos. Alargó una mano hacia el enano más pequeño y le arrebató el hacha que llevaba en el cinto. Manejándola con torpeza, la alzó con expresión amenazadora, sosteniéndola entre sus manos ajadas y llenas de arrugas.

La reina desenvainó su espada (la hoja había quedado mellada y desafilada al cortar las espinas), pero, en lugar de usarla para atacar, dio un paso atrás.

—¡Escuchad! Están despertando —dijo—. Todos despiertan. ¿Qué me decís ahora de la juventud que les arrebatasteis? ¿Qué me decís ahora de vuestra belleza y vuestro poder? Volved a contarme lo astuta que sois, Vuestra Oscuridad.

Cuando la multitud llegó a la alcoba de la torre, vio a una anciana dormida en el lecho, a una reina con la cabeza bien alta y a tres enanos justo a su lado, moviendo la cabeza o rascándosela.

También vieron algo en el suelo: un amasijo de huesos, una mata de pelo tan fino y tan blanco como los hilos de una telaraña, unos harapos grises tirados encima, y todo ello cubierto por un polvo grasiento.

—Cuidad de ella —les dijo la reina, señalando con el huso negruzco de madera a la anciana que yacía en el lecho—. Os ha salvado la vida.

Dicho esto, se marchó con los enanos. Ninguno de los presentes en aquella habitación o en la escalera osó detenerlos; ninguno llegaría a saber lo que había sucedido.

A poco más de un kilómetro del castillo, en un claro del bosque de Acaire, la reina y los enanos encendieron un fuego con ramitas secas y quemaron en él el hilo y la lana. El enano más bajo cortó con su hacha el huso hasta reducirlo a astillas y, a continuación, lo quemó también. Las astillas desprendieron un humo ponzoñoso que hizo toser a la reina, y el olor de la antigua magia quedó flotando en el aire.

Enterraron las brasas bajo un serbal.

Al caer la tarde casi habían dejado atrás el bosque y no tardaron en llegar a un camino en campo abierto. Divisaron una aldea al otro lado de la colina y el humo que salía de las chimeneas de las casas.

—Bien —dijo el enano de la barba castaña—. Si caminamos hacia el oeste, podríamos llegar a las montañas a final de semana y en diez días estar de vuelta en vuestro palacio de Kanselaire.

—Sí —dijo la reina.

—Y aunque hayáis tenido que retrasar vuestra boda, podréis casaros enseguida y vuestro pueblo lo celebrará y el júbilo se propagará por todo el reino.

—Sí —dijo la reina.

Sin añadir palabra alguna, se sentó bajo un roble a saborear aquella quietud, latido a latido.

«Se puede elegir —pensó, tras un buen rato allí sentada—. Siempre se puede elegir.»

Y en ese instante eligió.

La reina echó a andar y los enanos fueron detrás de ella.

—Sabéis que nos dirigimos hacia el este, ¿verdad? —dijo un enano.

—Claro que sí —afirmó la reina.

—En tal caso, todo en orden —replicó el enano.

Caminaron hacia el este, los cuatro juntos, dando la espalda a la puesta de sol y a las tierras que tan bien conocían, y se perdieron en la noche.

Caminaron hacia
el este,
los cuatro juntos, dando
la espalda a la puesta
de sol
y a las
tierras que tan bien
conocían,
y se perdieron
en
la
noche.

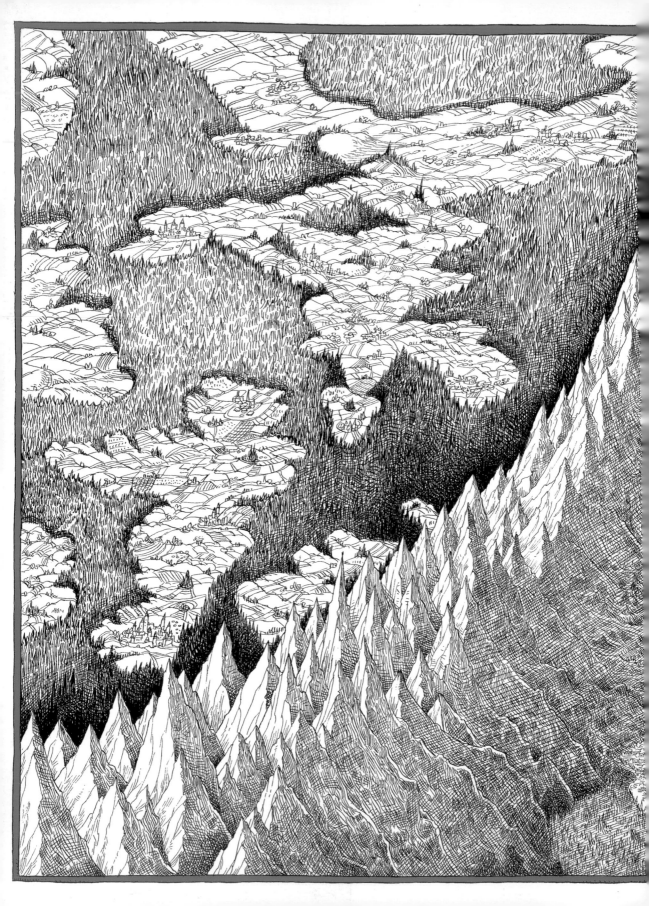